U0004540

安慰自己版

稍微暫停____一下吧

金鎮率（Nina Kim） 文・圖

陳品芳 譯

好累
喘不過氣了......

呼
呼 呼
呼

要慢慢走
才對。

嗯……真美。

唰啦啦————

???

目錄

1. ..... 稍微暫停一下吧！

2. ..... 大家都是不一樣的人

3. ⋯⋯ 一顆心了解另一顆心

4..... 你我仍安然無恙的今天

5. ..... 致我的凌晨

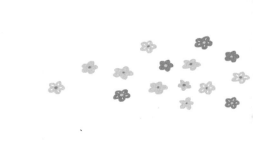

1.
稍微
暫停一下吧！

亂七八糟
超級窩囊的一天

能隨心所欲的事

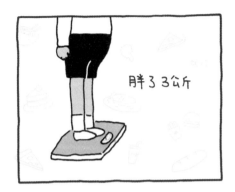

我唯一能夠隨心所欲的
就只有叫炸雞來吃而已

低電量模式……

稍微暫停一下吧！

喝啊！

錯過的人生

煩惱到最後，我終於辭職，成為一位插畫家。

因為需要個人空間，所以找了一間月租四千元的簡陋工作室。

經常在接近中午時分才吃早餐，日正當中才去上班，我的上班路如此悠閒。

我在路上奔馳著，突然間，號誌燈從綠色轉為黃色。

我停下車，抬頭仰望天空。

在空中飄浮的雲每天都不同，卻每天都很平靜。

3 年前，我天天深陷混亂車陣中。

如果沒有趕上這個綠燈，那我百分之百會遲到。

因為很著急，所以當綠燈變成黃燈時我總會立刻加速。

有時候會因為突然插進來的車，讓我口不擇言地罵髒話。

過去我的眼中只有號誌燈，總是錯過號誌燈上方的天空。

希望被困在擁擠馬路上的你，

能度過有時間抬頭欣賞天空與白雲的一天。

心輕盈飛起的一天。

一定會好轉的

「小姐出生的時間是？」
「12 月 29 日 15 點 16 分。」
「妳的八字很好耶！是不管做什麼都會順利的八字。
職場運很好，當中醫生應該會有不錯的發展……」

是因為算命奶奶那句話的關係嗎？
我辭職後成為無業遊民，成天遊手好閒，
但還是有種「應該不會有什麼問題」的感覺。

成為自由工作者之後的 6 個月，我沒有任何工作。
從儲蓄帳戶裡拿錢出來用時，也不知是哪來的信心，
總相信自己「很快就會有工作了吧……一定會順利的！」
那時我無法回答自己「可以靠畫圖賺錢嗎」這個疑問，
但至少目前為止，我靠著畫圖能買肉給自己吃、買衣服給自己穿。

當工作不順利，覺得很茫然的時候，
當擔憂不斷累積，無法解決的時候，
就先在腦海裡想像事情一一解決的那天，然後大喊：
「我會成功的！我做得到！」

我一定會成工力
一定會!!!

沒關係嗎？沒關係！

人生是什麼、該怎麼活下去，都是為了讓自己更踏實而提出的疑問。

你現在過這樣的生活真的對嗎？
這個年紀卻沒有存款，賺多少花多少，真的沒關係嗎？
現在是不是該去找個正當的工作了？
還是要繼續讀書？再晚個幾年就很難重新開始了。
還有妳什麼時候要交男朋友？
交得到男朋友嗎？
是不是該結婚了？
什麼時候交男友，什麼時候結婚？

這些排山倒海而來的問題，我無法理直氣壯地回答任何一個。
唯一確定的是，現在的我並不完整。
還有我領悟到，不完整的我才是正常的我。

什麼事都點到為止

我不管做什麼都點到為止。
畫畫點到為止、賺錢點到為止、玩樂點到為止,從來不超出極限,
總是按照使用手冊生活。但這樣讓我很不安。
玩的時候想更瘋狂一點,畫圖的時候,
也想要像迷戀上什麼一樣沉浸其中。

「這樣下去真的沒關係嗎?是不是應該更特別一點?」
「你不想當個受矚目的人嗎?」
我曾經想像過社群帳號的追蹤人數,一夜之間暴增到十幾萬人。
更想像過人們瘋狂喜愛我的畫作,讓我的作品能以天價賣出,甚至
因此登上新聞。

按讚數、追蹤數、畫作價格。我所渴望的、想像的，都是跟數字有關的事。

我原本就是這麼會算計的人嗎？究竟是為了什麼，才想變得這麼光鮮亮麗呢？

成為知名人氣作家、追蹤數增加、畫作價格提升，然後呢？這樣我就滿意了嗎？

仔細一想，即使變成這樣，好像還是會莫名不安，也會因為這些不安而讓自己對生活不滿。

如果無論怎麼選擇都無法滿意，

那麼就配合自己的高度，在適合我自己的框架裡面，隨心所欲地過著剛剛好的生活，這樣似乎對精神健康比較有益吧？

究竟是
為了什麼？

大量的稱讚

我為什麼是這個樣子呢？ 　　誰是最好的？
我為什麼⋯⋯ 　　　　　　　我是最好的！
真的好失望。 　　　　　　　我真的是最棒的。
不能表現得更好一點嗎？ 　　我真的很優秀！
我不能落後。 　　　　　　　我做得很好。
一定要衝在前面！ 　　　　　真的很好！

我決定要大大稱讚，
稱讚曾經只顧著向前衝的自己！

創造一條，
有點無聊的縫隙。

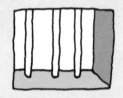

罪惡感

「啊，今天又是什麼都沒做的一天……
如果依照原定計畫，應該要多畫一張畫才對，還要去運動。」

今天的圖被延宕到明天。
只是無所事事地一直滑手機，不知不覺到了深夜。
拿著三大袋零食，喝一瓶啤酒，運動就省略。
毫無生產力的一天，那份罪惡感緊緊拴住我的腳踝。

但能怎麼辦呢？
有偷懶的時候，就也會有勤奮的時候嘛。

一整天都
不事生產的罪惡感。

活得像自己一樣

「不要跟別人比較，要找出真正的自我！要活得像自己！」

轉著電視，經常能看見知名人士在談話性節目上大聲疾呼「要活得像自己」，但所謂活得像自己到底是什麼意思？

為了找出「真正的我」，所以我想了一下關於「我」的事情。

1. 喜歡畫圖，也喜歡有人喜歡我的圖。
2. 喜歡跟人來往，但也喜歡自己一個人。
3. 有時候有點白目，有時候不會，有話想說會說，但有時候也不會說。
4. 謹慎又敏感，有時會讓身邊的人很累。
5. 但還是想要經常被關心，也想要被愛。

喜歡每 30 分鐘確認一下按讚數跟追蹤數。

煩惱要買駝色的洋裝還是粉紅色的洋裝，問過朋友之後，會決定買朋友喜歡的顏色。

回到家以後，會一直去想自己不經大腦說出口的話，會不會傷害到別人。

依然會因為「別人」讓自己的心情受影響，會想要受到「別人」的關注和喜愛，從這點來看，或許我還必須再努力一陣子，才能找到真正的自我，成為一個獨立的人。

雖然現在這個年紀，對他人的目光很敏感、很容易受到影響，
但被影響、被動搖的時候，會拉住我、相信我的人，依然還是別人，
所以我今天也依然沒有主見地隨波逐流。

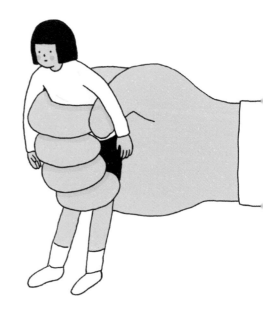

可忍受之輕

跟靠一顆氣球，就能讓飄在空中的你不同，
無論我抓著再多顆氣球，身體都無法離開地面。
跟因為小事而感激、而幸福的你不同，
我擁有很多，但還是想要更多、想拋棄更多，因為我貪心。
就連這點輕盈，我都承擔著。

你能告訴我如何一點一點地放手嗎？

人生是一連串的問題。

怎麼解都解不完，
同樣的問題解了又解，
　解了又解。

SLOW
SLOW
SLOW

 STOP

BLUE，藍色
1. 藍色，蔚藍
2. 轉變成藍色，厭倦
3. 憂鬱

憂鬱

這是莫名憂鬱的一天。
我心裡的憂鬱一點一點累積，
一顆憂鬱的太陽逐漸升起。

這種時候，只能吃一些私藏起來的巧克力，
等到憂鬱的太陽下山為止。

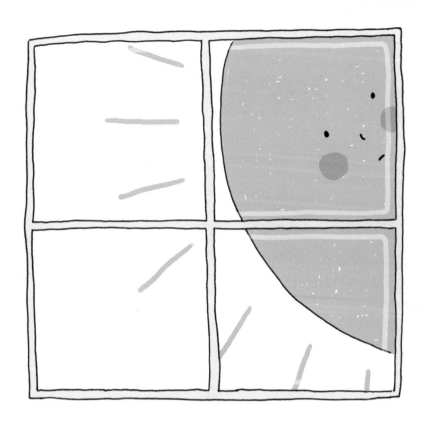

誰比較辛苦

久違地跟朋友見面，從「我好累」展開一連串的對話，
最後結束在「我更累」，進行一場不斷重複「誰比較累的比賽」。
對話時間越長，這沒來由的好勝心就越強烈，
那些不必特別拿出來說嘴的瑣碎小事，也都一股腦兒地脫口而出。

不知是幸還是不幸，最後沒有人獲勝。
雖然這遊戲獲勝也沒有任何好處，但還是想贏。
遊戲過程中一邊想著「原來不是只有我很累啊」，但同時也得到了安慰。
可是卻無法安慰朋友感到辛苦的那部分。

如果說「今天真的是很辛苦的一天……」
那就表示今天，真的累到希望有人能好好聽我說話就好……

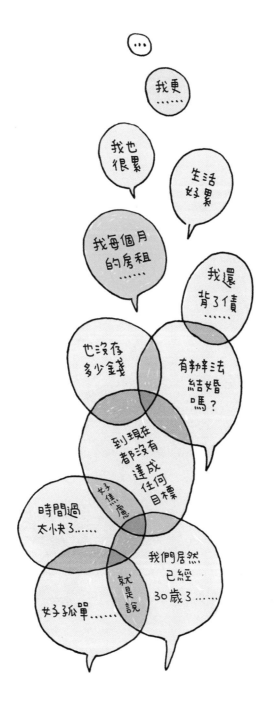

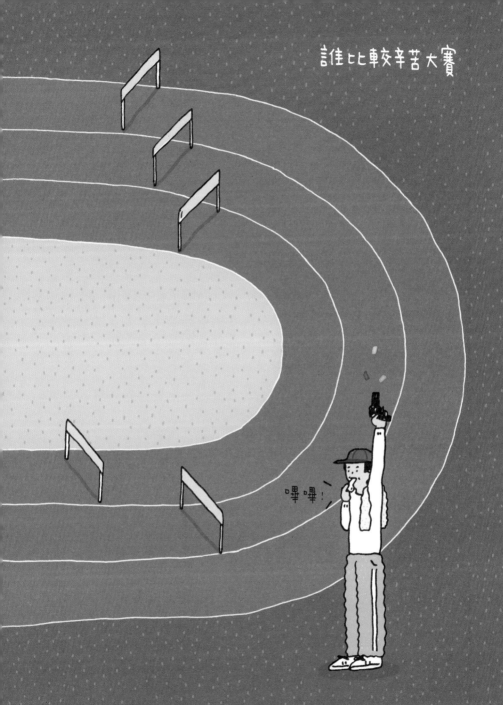

就今天

很需要有人可以聽聽我的故事⋯⋯

我今天
累爆了

倒著看世界

我們的心都偏向一邊。
如果倒著看世界，會有什麼不同嗎？
會變得比較美麗嗎？

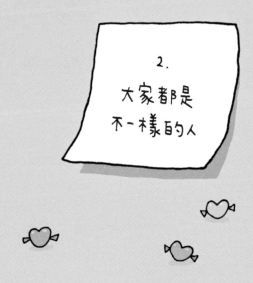

大家都是不一樣的人

有黑色眼珠的人、
有濃眉毛的人、
有淚窩的人、
笑起來眼睛會變成彎月的人、
不善於表達的人、
不表達的人、
內心孤獨的人、
才剛墜入情網的人、
對愛情感到疲倦的人、
現在正在戀愛的人……
沒有一個一樣，
大家都是不同的人。

大家都不同，真的不同。

關係與距離的問題

是因為我的個性太極端嗎？
所以總是和身邊的親朋好友意見相左、爭吵，進而斷絕關係。

一個曾經很要好的朋友，突然越來越少跟我聯絡，漸漸從我生活中
消失。
（他原本就是會動不動消失的人）
這樣重複幾次下來，最後我們成了陌生人。

從高一開始一直往來到考大學之前的朋友，基於某些為我好的理由，
有了我不知道的祕密，這對我造成了傷害，最後我們成了陌生人。

我很照顧的後輩，不知道是為了什麼，從某一刻開始覺得和我來往
很有壓力，最後我們成了陌生人。

我用反正一開始我們就是陌生人，所以只是回到原點而已的想法來
說服自己，否定那些美好的過去，只顧著注意自己因為這樣的關係
受到傷害。
為什麼無法維持一段好關係呢？我曾經自責，最後轉為怪罪對方。
「都是因為你斷絕聯繫、都是因為你不坦白、都是因為你覺得有壓力。」

如同蜥蝪斷尾求生
你和我的關係
是否也能夠一刀兩斷？

但過了一陣子之後仔細回想，其實有五成是我的錯。
因為對方不適合我、因為對方讓我受傷，才像蜥蜴斷尾求生一樣，
把關係斬斷的人其實是我。

如果接受和我保持距離的人，並且靜靜地等待他們，
那麼現在會有什麼改變嗎？

非常
極端
的人

middle

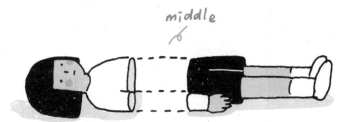

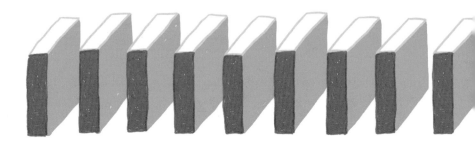

適當的期待
適當的受傷

因為太大的期待會變成傷口——
徹底擊垮我。

內心砰一聲

「我的心，從什麼時候開始變成易碎的玻璃？」
別人不是刻意要傷害我，
但卻能讓我的心碎成一地。
雖然我沒有單純到可以說內心還很稚嫩，
而且可以撫慰受傷心靈的這份成熟老練，
也讓我無法說自己是不成熟的傻瓜。

我為什麼總是受傷？
就像一個急著想要受傷的人一樣。

算計的心態

獻上一切也覺得無所謂的心；
以及付出了兩成，就想回收一成的心。
漸漸變成付出多少，就要獲得多少的心；
即使獲得他人三次的付出，也不願付出一次的心；
無論如何不願付出的心，只想獲得他人付出的心……
有很多可能性的心。

其實付出一切也不會可惜，
但不知不覺間我們會代入彼此的公式，算出一定會有錯的答案。
我和你一直不斷互相傷害。

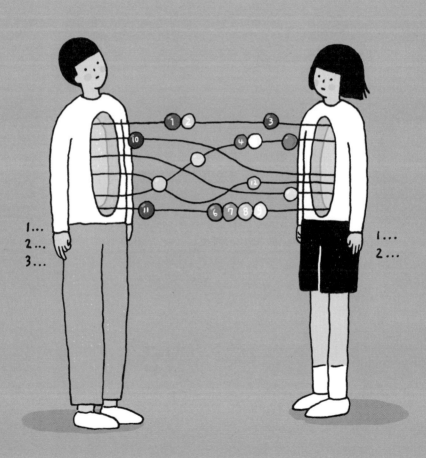

努力累積的人脈

把最大最平的石頭擺在最下面，
然後隨便找幾顆比較小的石頭擺上去。
堆疊出只要一個晃動，就可能徹底崩塌的危機。
於是我們開始更仔細地挑選石頭的形狀、重量、傾斜度。
雖然想要慢慢堆疊，但能堆疊的面積卻越來越小，
最後只能用一顆跟指甲一樣大的石頭，結束這一回合。

嘩啦啦——

一開始用水泥

加上紅磚頭砌起這座塔就沒事了……

抱歉這句話

小時候感覺相當巨大，但現在卻覺得十分渺小的爸爸。
以及相差五歲，在青春期之後，開始對彼此漠不關心的弟弟。
沒有對話的我們經常吵架，生氣就生氣、難過就難過，絲毫不去管
彼此的感受。
那些沒有解開的怨恨，和必須解決的問題，
都成了陳年的透明灰塵不斷堆積。

看到爸爸回家就一言不發地走開，這會讓我感到抱歉。
因為我不是個愛撒嬌的女兒，因為無法擁抱越來越渺小的爸爸。
弟弟一回家就進房間，還把房門關上。
雖然經常因為他冷冰冰的態度感到難過，但這樣的弟弟其實跟我很
像。
他從小就想要模仿我做任何事，是否連我的冷淡也學起來了呢？
弟弟的冷淡好像都是因為我的錯，這讓我感到抱歉。

不僅是家人，我們對親朋好友感到抱歉時，也很難坦率地說出口。
這種時候反而會更大聲地發火，來掩飾自己的抱歉。

總是硬將含在嘴裡的「對不起」三個字吞下肚，以保護自己那一瞬間的自尊心。

錯過了表達心意的時機，那些沒能說出口的話成了疙瘩，腐蝕著我們的關係。

我從什麼時候開始，變得無法坦誠？
我從什麼時候開始，難以對抱歉的事情說「抱歉」？

希望能過著
對抱歉的事
「說抱歉」的生活

混雜在一起
的感情。

不可能讓所有人都喜歡

小時候很愛吃價值 10 元的紅綠燈糖果。

我總是會煩惱該從哪個顏色開始吃，因為無法決定，只好一次把四顆糖全部塞進嘴裡。

小小的嘴被糖果塞滿，忍不住咳了起來，最後只能把所有糖果吐出來。

想要讓所有人都喜歡，會讓我們許下無法遵守的約定。

於是我變成讓人受傷、讓人失望的人，

同時，我也被身邊親近的人傷害。

因為想要看起來過得很好，促使我們結交沒有深度的友誼，

越是努力想解開這個結，問題就越複雜。

如同我無法一次吃下四顆糖果一樣，

我也知道我無法讓所有人都喜歡。

一點一點地整理身邊的關係，才發現留在身邊的沒剩幾個人了。

紅色、黃色、綠色、藍色，大概就跟紅綠燈糖果的數量差不多？

但也沒關係。

那些如謊言般的關係，已經被我呸———一口吐掉。

一天一顆愛情

早上
一顆愛情。

啪！打下去
讓它昏倒。

唰唰——

把愛情削一削，

攝取
一顆愛情，

今天
再也不孤單！

戀愛，非談不可嗎？

「認真讀書就好！進了大學就會有男朋友！」
「那我要一年跟一個人交往，談十次戀愛之後在30歲那年結婚。」

本以為這是很認真、很理性的戀愛計畫，
但現在回想起來，真是很不現實、很荒謬的想法。
依照計畫來看，我現在應該要結束第九次戀愛，
準備跟第十個男人結婚才對……

未解的愛情就像拖延的習題一樣
永遠不會實現，這難道是因為我的妄想嗎……？

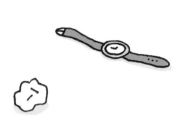

愛情

「沒有男人，好孤單，好想戀愛。」
每天像口頭禪一樣掛在嘴上的這些話，是真心的嗎？
我每年都會許下「請讓我交到男朋友」的新年願望，
但我究竟是不能戀愛，還是不戀愛？

我常聽的電台節目曾說過這樣一句話：
「無論是短暫的戀情還是長壽的戀情，一旦經歷離別，
那種經歷就能讓你寫出一部短篇電影劇本。」
愛情竟是這麼了不起的東西，真想快點談戀愛。
想要遇見心靈契合的人，像是要奉獻我的一切，
談一場**轟轟**烈烈的愛情，享受被愛的感覺。

但別說是愛情了，現在連要認識新的朋友都有困難，
更難以把自己最真實的一面展現給對方看。

朋友擔心長期沒有戀愛的我，總是告訴我：
「妳該戀愛了吧，這次一定要找到好男人。」
「看來妳還沒有打破對愛情的幻想。
男人都差不多，只要有好感就先交往看看吧。」

聽了這些話之後，我便和聯誼時認識的男生交往了。

因為對他有好感。

本以為會發展成愛情的好感，卻逐漸變成了壓力。

那份喜歡我的心意，就像我非償還不可的債務。

所以交往沒多久，我便提出分手。

「我好像不喜歡你，抱歉。」

雖然這句話很難說出口，但還是非說不可。

之後我就更不容易和人交往了。

如果有人問「大家談戀愛都很順利，為什麼只有妳不行？」

我想我應該會回答：

「我原本就不太會談戀愛，要開始一段戀情真的很難。」

愛情是時機！

滴答──滴答──滴答──
愛情就是爆炸之前倒數的時間。

我愛情的時機
究竟為什麼
每次都這麼不剛好呢？

愛情爆炸，消失。
剩下的只有充滿留戀的灰燼。

留戀

我曾在不知不覺間喜歡過那個人。
恢復單身之後才察覺那份真心。
我們明明就分隔兩地，
但我的心卻依然停留在當時。
本以為過了一段時間之後會好轉……
但留戀卻越來越強烈。

希望留戀不會成為怨恨……
希望我能再愛上另一個人……
希望屆時能在適當的時機，
好好表達我的心意……

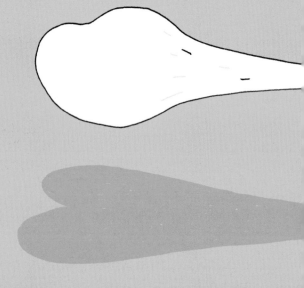

為什麼......
距離牠越遠
這份留戀就越大？

守望的心

白看了……

要不要看看沒有我，他過得好不好？
在好奇心驅使下，跑去看了前男友的社群帳號。
那天之後，這成了我每天早上的第一要務。
他好像胖了一點，這件衣服怎麼回事，好醜。
咦，好像吵架了，果然……這種個性能跟誰處得來？
沒交往多久就分手了呢……嘖，祝你被鳥屎滴到。

是因為我的心態不正確嗎？
總覺得今天好像讓我特別累、總是跌跌撞撞、一直摔倒，
真是讓人火大的一天。
其實今天真正讓我生氣的，
是我那懷念過往戀情又沒出息的樣子。

佛光洞 丫的故事

我們居然已經交往 5 年了，
在一起的時間這麼長，也非常了解彼此。
剛開始談戀愛時看不見的那些缺點，也都一一浮現。
雖然常會因為討厭對方的行為，想狠狠揍對方一拳！
但也會覺得我身邊不能沒有你。

更勝於厭惡的感激之情——
真的很感謝你。

雖然喜歡
又有點討厭的關係

袒護的心

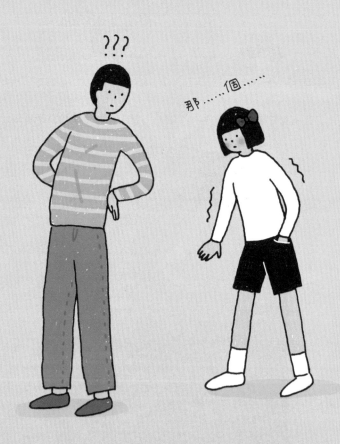

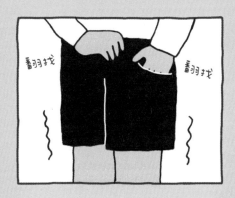

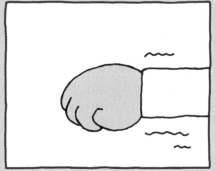

他說，

「不用了，我不喜歡甜的。」

拉開

撲通　　　撲通

這樣真的
很不好意思……

這不是糖果。
這是我為了掩飾害羞
而緊緊包起來的心。

趕快躲起來
躲到找不到的地方

想要慢慢地愛

因為覺得應該找個對象交往，所以到處拜託朋友介紹聯誼。
因為覺得非談戀愛不可，就連不懷好意的聯誼也來者不拒。
帶著緊張的心情出席聯誼，形式上聊了幾句之後，我想：
「唉……這次也搞砸了。」

聯誼不斷失敗，讓我開始覺得就算一個人也沒關係。
一邊想著一個人也不孤單，一邊走在街上，
看到街上成雙成對的情侶、
看到夫妻婚後幸福望著孩子的模樣，
我對愛情的責任感又再次啟動。
「好，再開始聯誼吧！」

就像看著櫥窗裡展示的那些華麗名牌服飾一樣，
對我來說愛情是既想擁有，但又無法輕易擁有的困難關係。
而且也像是總有一天非做不可的習題。
我非得要為了愛情做到這個地步嗎？

要為了尋找愛情前往海邊嗎？
要為了尋找愛情去江邊嗎？
把這個瓶子裝滿之後
啦啦啦啦，啦啦啦啦，就會來啦

我想在就算不戀愛，
就算不結婚也不會感到焦慮的世界，
慢慢地愛人。

慢慢地
一起走吧

3.

一顆心了解
另一顆心

一顆心了解另一顆心

有個和我個性相反的朋友。
我每件事情都想很多、很煩惱，會提前開始擔心；
但他面對每件事都很樂觀，雖然反應有點慢，
但他總是做自己想做的事，
做不來的事情就會立刻放棄。
在一起有多久，我們就認為自己有多了解彼此，
但其實我們還是有不懂對方，感覺煩悶、感到生氣的時候。

試著從自己的立場去理解對方時，就會出現問題。
我以我的觀點、朋友以朋友的觀點來看這些衝突。

創造一個「我很了解你，你是我最好的朋友」的前提，希望對方能配合自己。但個性截然不同的我們，當然不可能透澈了解對方。這些一點一滴累積起來的不快，讓我們有段時間對聯絡彼此感到遲疑。但當「太久沒聯絡了，現在該聯絡了吧」的訊號出現時，又會自然地提出邀約，恢復關係。

起初跟朋友疏遠會讓我很在意、很有壓力，但都認識 10 年了，就算疏遠，我也會想著「很快就會恢復了」，開始不當一回事。

或許我們會這樣一直不斷疏遠、親近下去，維持著屬於我們的適當距離。我們所需要的心態，是不會認為對方很奇怪，對方的心是圓的我們就接受它是圓的；對方的心是方的，我們就接受它是方的。我們需要的，是能接受彼此最真實樣貌的處事態度。

心反反覆覆

無所事事，成天遊手好閒的時候會想
「今天什麼事都沒做」。
但事情很多，忙得不可開交時又會想
「什麼事情都不想做」。
因為難得有約而心浮氣躁，
一直試穿衣服到凌晨，很晚才上床睡覺的時候會想
「要不要乾脆取消明天的約好了」。
旅行一個月前，會興奮地準備規劃，
但出發前一天卻又想「好懶得去」。

反反覆覆的人心
到底為什麼會這樣……？

我的心
為什麼不像我的心呢?

搖擺不定的心

一切都那不順的日子

　　嘮嘮叨叨地抱怨讓自己忙了好一陣子的事情，
說那件事情有多煩、有多可惡、讓人壓力多大，
還說希望你能夠理解我，問你懂不懂我的心情。
　　朋友回說：「我好像懂妳的感覺，我都懂。」

本以為這句話能安慰我，但反而讓我感到更空虛。
「我都懂」這句話，就像一具空殼，
再加上連我自己都不懂我的心，
對方傾聽還不夠，還希望對方能夠完全理解我的想法……
其實是我太過貪心了。

今天真的很不順，甚至無法獲得安慰。

你怎麼可能
　懂我的心
　　連我自己
　都不懂我了⋯⋯

讀懂我

如果說一本書是一顆心……
那我想我的心，應該是又厚又難的古書。
連讀第一頁都要花上一整天，
充斥著難解的符號與文字，
是一本很難解釋的書。
就連書的作者都會忍不住搖頭，
非常困難的一本書。

嘆息

這是塑膠袋

唰地——抽起一個

把所有心裡的鬱悶都吹進去

被完全密封的這些鬱悶

要好好冷凍起來

想像

偶爾我會想像不久後的將來。

高一時，會想像身為高三考生，正面臨大考的我。

大學時，會想像在準備就業的我。

30 歲時，會想像 5 年後的我。

結婚了嗎？有小孩嗎？到那時候如果還是一個人怎麼辦？

這層層相連到天邊的想像沒有盡頭。

接著突然，我開始想像自己 50 年後的模樣，

80 歲的我，會是什麼樣子呢？

會像自己期待的那樣，持續在畫圖嗎？會跟溫柔的老公一起，坐在咖啡廳裡喝咖啡，一邊悠閒讀書嗎？

應該會有兩個孩子……會有幾個孫子孫女呢？

老了之後乾癟癟的皮膚、手上的老人斑，對我來說會有怎樣的意義呢？爬上樓梯的時候，膝蓋真的會痛嗎？到時候我還會剩下幾顆牙齒呢……？

雖然是很遙遠之後的將來，總有一天，我會成為真正的老奶奶吧？

但……我真的能夠健康地活到那時候嗎？

50年後……

LATER......

終結

凡事都有盡頭。

掉下的落葉、凋零的花朵，以及滴答作響的時鐘。

在永遠的時間裡，無法永遠的我們，終究會走向最後。

媽媽的離去比想像來得要早，我對「死亡」的想像也因而改變。媽媽離開那天，我傷心欲絕。但諷刺的是，我同時也感受到生與死是如此相像。在分娩室外焦急等著孩子出生的心，與在加護病房外等待死亡宣判的心，是如此相似。

兩種情緒完全相反，卻莫名相似。很難明確解釋清楚，但我模模糊糊地感覺到，那時生與死並沒有太大的差異。

認知到曾經感覺模糊不清的死亡，是總有一天我可能要突然面對的事情，也了解到我們在出生的同時，便逐漸走向死亡。

人活著，便是漸漸死去的過程。

這代表著我們一天天都在死去，為了死去而活著。

一想到「為了死而活」，就覺得人生真是沒有意義。

我不想成為看見掉落的花瓣，也沒有任何感覺的冷血之人。即使是小事，我也希望能心懷感激、希望能付出愛心。

希望我死的那天能不悔此生，所以我要毫不遲疑地做喜歡的事情。

今天也要用心愛著這個世界，努力過得幸福才行。

心瓶

我把心裡的瓶子拿了出來
裝入一點「悲傷」
希望明天能用「幸福」裝滿它

悲傷面前的悲傷

我們總是會因為各自的事情，而必須面對複雜的情緒。

越是這種時候，越要好好傾聽自己的心，但這卻是一件很煩人的事。

所以我們會閃躲、會忽視。

但過了一段時間之後，那些本來以為已經消失的感受，又會突然跳出來，製造一堆令人頭疼的問題。

心裡的瓶子

是因為不想讓人看見悲傷的心嗎？不，正確來說，是無法讓人看到這樣的心。辦完媽媽的告別式之後，我曾經好幾次打電話給朋友，哭著說我很想媽媽。

我每天都會因為想她而哭泣，但不可能每次都在深夜打電話向人哭訴。獨自一個人哭真的很哀傷。原本可以自己去看的電影，現在也無法單獨前往。所以我開始找人見面、聊天笑鬧，讓自己沒有時間去想那些事。跟朋友見面、弄間工作室、買家具、打掃，然後跟單身的朋友一起去旅行。

兩天一夜的短暫旅行要結束時，我和朋友聊天，她說這次的旅行讓她覺得不太自在。因為旅行過程中，一直看到我黯淡的表情，如果是「原本的我」，看到相同的景色肯定會有更大的反應，但我的情感表達似乎比過去少了很多，讓她很擔心。這讓我打擊很大。

因為我是用盡全身的力氣，在表達自己看到美景的感動，而且我非常享受這趟旅行……還是朋友認為失去母親的我「是應該要悲傷的人」，所以才會這樣想？所以即使我和以前做出一樣的反應，她依然覺得很不自然？

我原本想解釋自己很正常、自己沒事，但卻停住了。

我想，我是一個悲傷的人，雖然將感情隱藏起來出來旅行，但那不小心洩漏出來的悲傷，還是讓人感受到了。

承認了悲傷，心裡反而好受點。

好奇媽媽大小事的時期

媽媽的粉紅唇膏、
媽媽耀眼的耳環、
媽媽尖尖的高跟鞋、
媽媽奇怪的胸罩、
媽媽柔軟的絲綢睡衣⋯⋯

那曾經對媽媽的一切
感到好奇的孩子，已經成了大人。

我依然很想了解媽媽

「媽，妳在幹嘛？」
「媽，妳吃飯了嗎？」
「媽，妳胖了吧？」
「媽，妳要回來了嗎？」
「媽，妳在哪？」

長大成人的孩子，依然很好奇媽媽的事，
但現在卻再也無法問任何問題了。

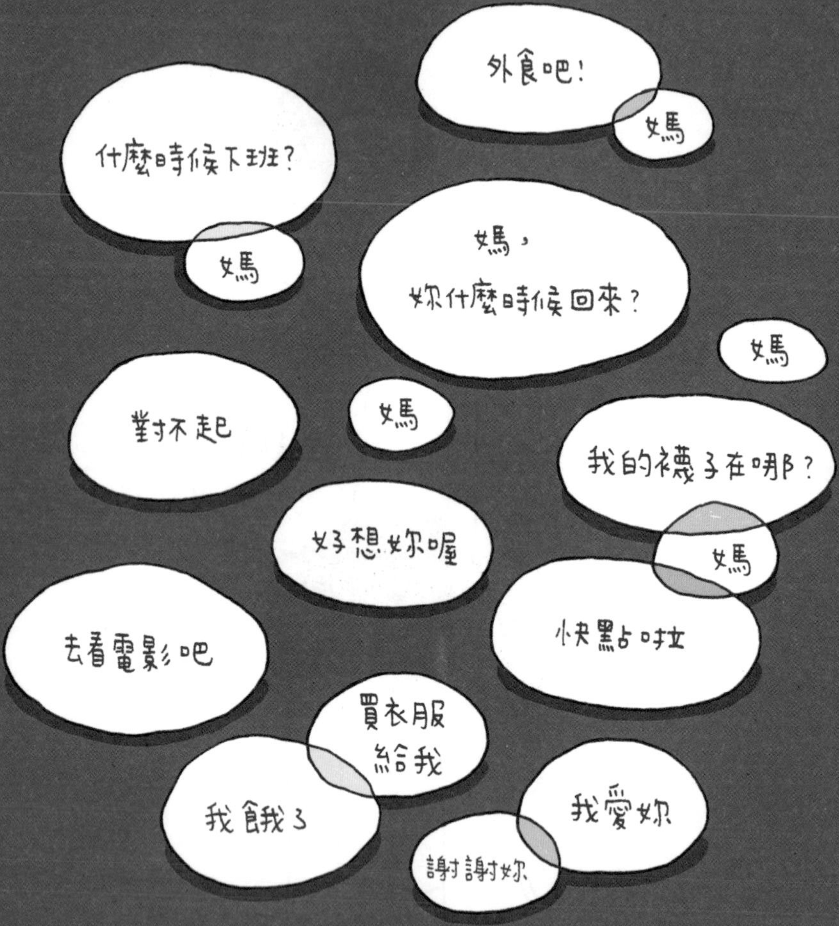
外食吧！
媽
什麼時候下班？
媽
媽，
妳什麼時候回來？
媽
對不起
媽
我的襪子在哪？
好想妳喔
媽
快點啦
去看電影吧
買衣服
給我
我餓了
我愛妳
謝謝妳

給媽媽

「媽，妳什麼時候回來？」

「媽，快回來。」

「媽，我餓了。」

「媽，我的襪子在哪？」

「媽，我們去看電影吧。」

「媽，運動一下啦。」

「媽，妳在哪？」

「媽，我好想妳。」

「媽，我愛妳。」

想說的話全部都裝進去。

好好地
安放在內心深處，

就只是把它們保管好。

眼淚究竟從何而來

以前那個掛著兩條鼻涕，只會喊「媽給我 10 元」的小鬼，如今已經有了經濟能力，每個月會存錢、可以自己買自己想要的東西。但當我很有信心地說「媽，我搬出去一個人住的話，好像也可以過得很好」時，媽卻不以為然地說：

「妳要真的自己一個人生活才會清醒，現在立刻搬出去啊！」

那時我真的很有信心，以為一切會很順利……
媽媽消失之後，那個空位無論用什麼都無法填補。
我就像吸了水的海綿一樣，每天擠出眼淚，再把眼淚擦乾。
走在路上會突然低頭哭，歌聽一聽會突然低頭哭，開車到一半，也會突然低頭哭。

不分時間地點流下的眼淚，偶爾會讓我很慌張。但我突然有個疑問，眼淚究竟從何而來？
是每天喝的水一點一點累積在體內，就這樣儲存起來的嗎？

那麼，我今天可以流出的眼淚，到底是多少呢？
如果流掉一公升的眼淚，悲傷是否就會消失一公升……？

哭了好一陣子，心情變得比較舒暢，但再次向我湧來的空虛感，難道又要靠哭來清空它們嗎？這有點傻的念頭讓我思考了將近一個小時，是因為和悲傷同比例的淚水都流光了的關係嗎？

現在不再會走路走到一半、聽歌聽到一半、
開車開到一半就哭出來了。眼淚流得夠多，
就不會再悲傷了。

How
Do
I
MAKE
TEARS?

Good-bye

說出你的願望！

希望可以永遠記得美好的時光，
希望痛苦又不愉快的回憶能夠消失。

4.

你我仍安然
無恙的今天

不知不覺間

30 歲。不知不覺就 30 歲了。
本以為到了 30 歲，心情會很奇妙，但其實沒什麼感覺。

是因為現在，已經熟悉那個原本充斥著新鮮事物的世界嗎？
30 歲讓人很無感，新年來到也依然無感，
一切都十分無感。

和變得冷感的我相反，有一件事情徹底改變了——
原本緩慢的時間，無可奈何地越走越快。
如果就連時間正在流逝這件事，我都能無動於衷，那該有多好……

一月一日時，我在乎的已經不是許下新年願望，
而是「今年這一年會過得多快」？
我已經是會為尚未逝去的時光感到惋惜的大人了。

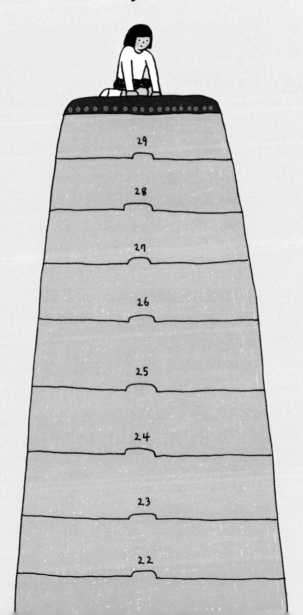

以為成為大人就會幸福

9 歲時，每天都像嶄新的一天，充滿新奇有趣的事物。

下課後跟朋友聚在一起玩蹦蹦床。

砰砰砰地跳著，身體隨意擺動，流了一整身汗之後，吃著用 10 元從文具店買來的葡萄口味冰沙，那是最夢幻的事情。

瞞著媽媽偷看漫畫書，一聽到玄關門打開的聲音，

就會趕快把漫畫藏到鋼琴椅子底下，跑進房間裡假裝在讀書。

有趣的漫畫要躲起來看，雖然感覺很悲哀，但這也是無可奈何的。

我想快點變成大人，變成大人之後，每一件事情都能隨心所欲。

於是我帶著這樣的想法長大成人。

長大之後，開始喝起比 10 元的葡萄冰沙貴上五倍的 50 元咖啡，也可以毫不在意他人目光地看自己想看的漫畫，但這樣一點也不有趣。
成了不需要媽媽的允許，能夠隨心所欲的大人，
但討厭的事情一大堆，想做的事情卻還是依舊要忍耐。
日復一日的生活，實在了無生趣。

那個什麼都不懂的時期，不能理解「幸福」是什麼，更不會對此感到好奇的 9 歲孩子，真的很幸福。
大人的幸福，是越急著想要幸福，幸福就離自己越遠。
雖然不容易，但我決定從現在起不去計較幸不幸福。
因為沒有今天非幸福不可的理由。

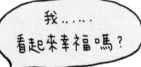

我……
看起來幸福嗎？

這妳才知道吧，
我哪知道？

「妳這樣算幸福了啦」
是想聽到這樣的回答嗎？
總覺得你似乎比我還清楚，
所以才會問這樣的話
「我看起來幸福嗎？」

看到別人的照片，就跑去同一間咖啡廳。
朋友的鞋子看起來很漂亮，所以就買下類似設計的鞋子。
認識的姊姊用過的唇膏很不錯，也跟著一起買下去。
在這些小地方一一模仿別人
是因為想要過他們那樣的人生嗎……？

看到認識的姊姊換了車，讓我也想要換車。
看到認識的人創業還算成功，就覺得「不然我也來試試？」
看到好朋友結婚，我也開始想結婚。

看到別人追逐幸福，就彷彿那是我的幸福一樣。
不知不覺間，也一直追著幸福跑。

是幸福！

媽媽留下來的車還很新，所以不能換。
沒有創業的決心，更沒有結婚的對象。
甚至連戀愛都沒談過幾次的我，這樣很不幸嗎？
不⋯⋯我好歹也算過得還不錯，
但⋯⋯幸福究竟是什麼？

過去只是一直追著幸福，喊著「幸福！要幸福！」
但我其實真的不知道幸福到底是什麼。

遺忘小時候

我們一點一點啃食著時間
那大把大把的時間，究竟都去了哪呢？
如果能像吃下去會產生飽足感的食物、
如果能像喝下去會令人頭暈目眩的酒、
如果我們也能感受到時間的流逝……

那麼多的時間
究竟是誰吃光了?

妳想太多了……

煩惱很多的時候？

今天午餐要吃什麼？
哈……該談戀愛才行……
結不了婚怎麼辦？
這個月要有工作才行。

腦袋開始一個勁兒地製造煩惱，
不斷丟出各式各樣的問題，
塞滿整顆腦袋。

這種時候該怎麼做才好？

特別的辦法！
那就把頭
換成蘿蔔頭吧！

想做的事情

一天用 30 萬、去歐洲旅行、
在飯店開睡衣派對、換車、
買自己的房子、其他等等。

 為了這些想做的事情，
得二話不說地
去做那些討厭但不得不做的事。

想做的事

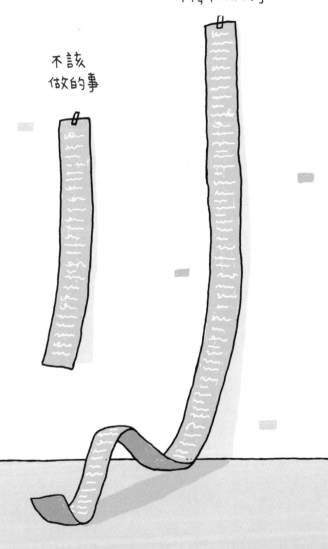

待辦事項堆積如山

時間是藥

「因為孤單，所以覺得很痛苦。」

「過了一段時間自然就會好了。」

「對，你說得沒錯……」

雖然有時間這帖良藥，但孤獨卻依然緊緊黏在我身邊，絲毫不願離開半步，我不斷地等待孤獨消失。

「我孤單得快瘋了，我真的想找個男人來交往，因為是人才會有這種空虛感吧？感覺一切都很沒有意義、很不切實際。」

「戀愛中的我也很孤單，時間是最好的藥，只要耐心等待，一定會好轉的。」

「應該會吧？時間會幫我解決這些問題吧？」

仔細想想，還有什麼話比時間是藥更不負責任嗎？

現在這麼痛苦……現在無可奈何地只能承受痛苦。

但也沒有比這更實際的事情了，畢竟時間真的會為你解決一切。

我今天也拿到一帖不負責任，且藥效緩慢的「時間」處方，硬是吞下這吞不下去的安慰。

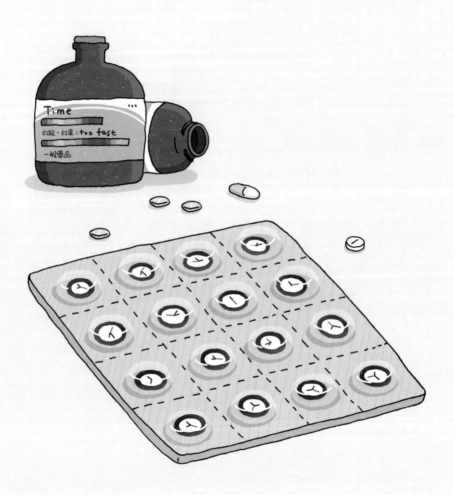

以後也會記得今天

一邊整理以前的照片檔案，
一邊回顧過去的自己
「好漂亮、好開心、好幸福」。

今天應該也會成為
未來某一天嚮往的過去吧？

抓住煩惱的尾巴

解決一個煩惱，稍微喘口氣，
會發現眼前又出現新的煩惱。
煩惱原本像灰塵一樣毫無存在感，
但卻會一點一滴地累積起來，讓眼前變成灰白一片。

如果可以抓住它的話……
一定要把它揉成一團丟掉！

告訴我

看到哈利波特一戴上分類帽（分配學院的帽子），帽子就大喊「葛萊分多」的畫面，讓我也很想擁有一頂這樣的帽子。

想要一頂了解我的個性和特徵，迅速幫我解決目前問題的魔法帽子；無論是什麼問題，都能夠給我明確答案的帽子。

那些訂了去歐洲的機票，卻猶豫要不要付款的人；
必須在兩個面試之中擇一的準就業者；
決定要分手，但卻沒辦法輕易分開的戀人；
煩惱要不要辭職的上班族；
那些急著想結婚的人；
煩惱育嬰假結束之後要不要回到職場的媽媽……
當我們面臨無法用「是」和「不是」來回答的人生難題時，
真希望每個人，都能有可以很快做出明確決定的魔法帽子。

魔法帽

醜陋的一天

洗完澡之後站在鏡子前的我，明明就很美、很有自信，
但混在人群之中的自己，為什麼看起來這麼落魄？
過了 30 歲之後，就會自然而然變成這樣嗎？
走在路上看到年輕學生，會不自覺轉過頭注意他們，
然後想「啊，好棒喔……我也有那樣的時候，但當時也有自己的煩惱吧……」
雖然只是單純羨慕他們的青春，但那不懂事地笑著的單純歲月，真的又美又耀眼。

其實我也曾經接受過類似這種羨慕的目光，

「我也有那麼單純、天真的時候……但現在為什麼會變成這樣？」

偶爾會想保養一下認真減肥，

但卻瘦不下來，運動之後累積的只有疲勞，常常一回到家就倒下，

然後為了見底的體力，吃著原本不喜歡的紅蔘。

雖然會用「這對 30 多歲的人來說很正常」這種藉口來安慰自己，
但我充斥著不滿的言行才是真正的問題所在。
「……就是這樣才覺得辛苦……就是那樣才會覺得煩。」
下意識脫口而出的抱怨，還有無法挺起的胸膛，讓我變得了無生趣。

魔鏡啊,魔鏡
這個世界上
長最醜的人是?

YOU!

俄羅斯方塊人生

那些不斷被拖延的事情。
再稍微忍耐一下，等打折的時候要去買件冬天的大衣。
這個月卡費實在太高了，保濕乳液得下個月再買。等這次的工作結束，一定要去歐洲旅行。

結果趁著本月特價買下來的大衣已經過時，只能穿幾次而已。
拖到最後好不容易才終於買下的保濕乳液，
是直到我購入的前一天都還在打折的商品。
說著這次的工作結束之後要去歐洲旅行，
結果就這樣拖著拖著，不知不覺過了兩年。

為了四連消而痴痴地等著一個直條方塊，
最後卻塞爆整個畫面的俄羅斯方塊，就像現在的我一樣。

畫面一定要滿成這樣，才會出現一個直條方塊……
真的讓我很後悔。

宅女

汪！

安然無恙

什麼都不想做，
所以什麼都沒做。

什麼事情都不期待，
所以什麼事情都沒發生。

SO SO
DAY

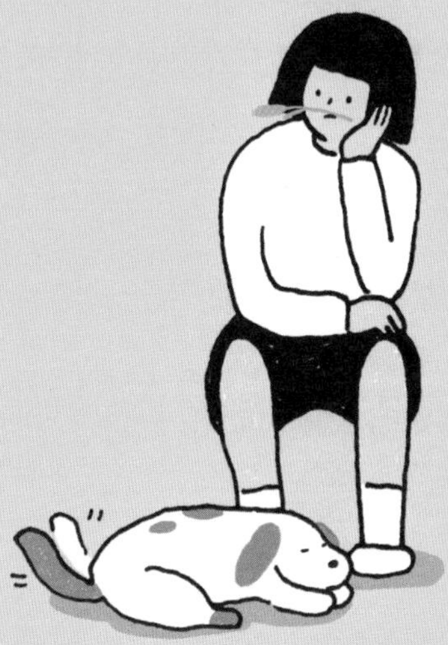

關於什麼事情都不會發生的人生

有沒有什麼有趣的事?啊,好無聊,為什麼只有我這麼無聊?我的人生怎麼會這樣……我覺得什麼事情都不會發生的人生,實在太不值得期待、太無趣了。

神會懲罰這樣愛抱怨的我嗎?

2016 年 10 月,平靜的日常完全天翻地覆。聽到媽媽得了白血病的消息,我腦袋一片空白,頓時慌了手腳。6 個月來,我連笑的時間都沒有。我唯一能為媽媽做的事情,就是陪在她身邊而已,但住在醫院卻比想像中還要困難許多。

過著煩悶的醫院生活時，我唯一渴望的，只有過去一直被我嫌棄的無所事事。「啊，只要三天就好，真想什麼都別想，靜靜休息就好。第一天要整天躺在我房間的床上睡覺，第二天要跟媽媽一起去購物，第三天要穿著新買的衣服，和媽媽去咖啡廳一起悠閒地喝杯咖啡。」

那些很想立刻做，但卻又不斷被拖延，最後無法實現的願望，真的變成一陣風，轉眼便消失不見。

回歸平凡日常的我，實在非常感謝這平安無事的一天。

所以我今天也重複著這段話：

「現在我的每一天，是某些人極其渴望的生活。所以或許這是微不足道、稀鬆平常的一天，但我還是認為這很珍貴、很值得感激。」

消費的時代

近來只要輸入五個字的密碼，就能在彈指之間買下任何東西。太過便利的結帳方式，讓原本要煩惱很久才會消費的我，變成一個購物狂。我說錯了嗎？還是我本來就是個購物狂？

當我還是學生，沒錢卻有大把時間時，就算只是要買一條牛仔褲，都至少會到三間以上的購物商城搜尋，找到其中最便宜的網站，從決定要購買到真正結帳之前，還要再花兩、三天的時間。

曾經，就連要買一條褲子都這麼慎重的我，究竟從什麼時候開始變成這樣？可能是因為現在已經有了經濟能力，覺得一一比價，去找出便宜商品是件麻煩的事。但這難道不是因為這個消費時代，主張不立刻買下來可能無法享受優惠，總是催促著人們買下一些非必要商品嗎？我今天也依然不斷點下購買連結。想要聰明消費，我究竟該怎麼做？

今天也咻咻咻～
把錢都花光光

購物的泥沼

不是買了一件連身洋裝嗎？
那就需要一個搭配的包包。
還需要一雙顏色可以搭配的鞋子。
買這樣應該就夠了……
但總覺得還少了什麼。
啊！需要一個點綴的耳環。
現在家裡的耳環，好像都沒有合適的。
要上網搜尋一下最近流行的耳環，
找出最便宜的價格。
耳環要 1000 元，
運費就要 500 元。
但還是買吧，因為我需要。
我是真的有需要才買的。

我絕對不能放棄

為什麼買了這麼多衣服
但卻沒有衣服能穿呢？

衣服真的很多……
但卻沒有可以穿的衣服……

因為很喜歡，所以我很珍惜的說……

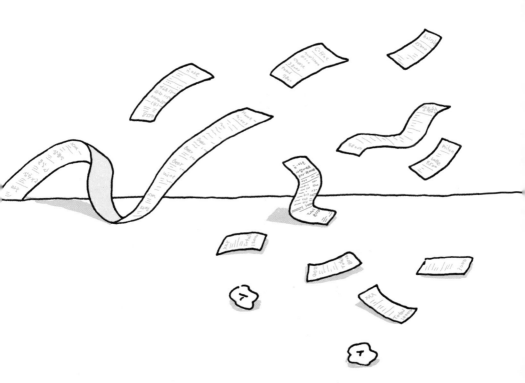

讓心焦躁的聲音

叮──叮──叮──
這是每個月 25 號卡費出爐的聲音。

每個月的保險費、生活開支、工作室租金、油錢、手機費……
固定支出一個月就有 1 萬 5 ～ 2 萬元。
還要買一、兩杯喜歡的咖啡，
也要買一套衣服，跟朋友去看一場電影，
這樣一個月的生活費基本上就是 3 萬元。
收入有限，但物價卻持續上漲，
原本只要 15 元的一包點心，現在要 30 元。
這個月又超支了，下個月一定要勒緊褲帶省吃儉用，
每次都這樣想著想著，不知不覺間到了月底。

什麼時候才能不這麼焦慮呢？
於是，我決定把焦慮這件事當成正常現象。

抖抖抖

MONTHLY
household accounts
家計簿

+150

2017. 11. 21   PM 11:30

卡費	-65
必要開支	-4.7
保險1	-5.3
保險2	-2.7
油錢	-10
炸雞	-3.2
啤酒	-2
生活費	-30
...	...

= 35,000

= 5,000

-23,000

= 9,100

= 72,000

= 33,000

= 12,500

= 687,593

-4,100

-400

-1,700

祈禱準時下班

我聯絡一個雖然已經過了下班時間，但還在公司的朋友。

「今天很忙喔？」
「沒有，我只是在這裡空等。」
「等什麼？」
「等修改。」
「要等到什麼時候？」
「我也不知道，現在就是無限等待的狀態。」

聽說那天朋友直到凌晨一點才能回家。
他雖然有點不開心，但卻說等一、兩個小時也不算是工作，這種想法讓我有點驚訝。下班之後如黃金般的時光，卻用來等待上司的指示，甚至還認為這種情況沒什麼大不了的超酷反應，讓我覺得有點可惜，但又有點敬佩。

包括我朋友在內，所有需要加班的上班族們，
希望你們都可以準時下班！

現實中的姊弟

「吃飯了嗎？」
「還沒。」
「不吃嗎？」
「嗯。」
「爸呢？」
「不知道。」
「衣服洗了沒？」
「嗯。」

只說必要的話。
我們的簡單對話。

每晚都會來的

白天相安無事，
到了晚上就會出現的飢餓感。

這麼晚了不該這樣。
糟糕了……

晚上吃東西最開心了！
吃完就躺著最開心了！

真希望肥肉也可以
自由拆卸……

5.

致
我的凌晨

凌晨三點

大家都入睡的寧靜時刻。
獨自一人的夜晚，寂靜的夜晚。

屏氣凝神地靜靜傾聽：
滴答——滴答——是秒針的聲音，
嘰咿咿——是冰箱的聲音，
噠噠噠噠——是鍵盤的聲音，
唰啦啦——是樓上廁所沖水的聲音，
從外面傳來的停車聲音，
轟隆隆～的打呼聲音，
別人回家的聲音……

讓我覺得自己不是一個人，
為我帶來安慰的聲音。

敞開內心的事情

內心彷彿下了一場大雪般冰冷。
清了清緊啞的嗓子，脫下緊緊包覆整顆心的外套。
雖然有點猶豫，但接著還是脫下上衣，然後連褲子也一起脫掉。
沒有任何遮掩的我，就這麼站在那裡。

所謂的敞開自己的內心
就是我身上完全沒有任何遮掩，赤身裸體地站在你的面前。
是很害羞、很令人猶豫，很需要勇氣的事。

#內心 #色色的圖 #無年齡令限制

如果……

如果可以把腦袋裡的想法一一掏出來
切成一塊一塊的話，

就可以消除想消除的記憶，
把厭惡的心情鎖起來。
讓受傷的記憶不那麼清晰，
只把美麗的回憶儲存起來。

筋疲力盡

像脫皮一樣把衣服都脫掉，
像倒下一樣的倚靠在沙發上。
剛才身體只不過是被薄薄的布包裹住，
但全部脫掉之後，卻有一種擺脫鐵甲獲得解放的感覺。

如果疲憊到喝一小口酒就進入微醺狀態，
那麼疲憊就會將我吞噬，帶我進入夢鄉。
我就這麼沉沉地睡去。

Help me

站起來，跌倒。
又站起來，又再跌倒。
總是有這種只能一直原地踏步的日子。

誰來
幫我加加油……

抓住我

有時候會覺得自己似懂非懂地追逐著某個目標，汲汲營營、漫無目的地奔走。
在不斷追求的過程中，偶爾我會變成遊戲中抓人的那個鬼，
有時候則會變成被鬼抓的那個人。

追人的我與被追的我，界線非常模糊。
因為這兩者都是「我」。

本以為認真活過今天，明天就能稍微喘口氣，
但即使到了明天、到了後天，還是只能喘著大氣不停奔走。

起初，看到別人比我更認真生活的樣子，只覺得自己不能停下腳步。
但仔細想想，讓自己不能休息的，從來都是自己。
「不要休息，快跑，快往前進」，這樣鞭策著我的人，
對自己從不滿意的人，其實是我自己。

其實是走在前頭的自己，不斷鞭策、引導向前跑的我，而那個自
己又再次回到原點，繼續這個鬼抓人的遊戲，讓自己陷入即使疲
憊也無法休息的狀態。
陷入令人混亂不已的狀態。

追人的我與被追的我，界線非常模糊。
因為這兩者都是「我」。
陷入即使疲憊也無法休息的狀態。
陷入令人混亂不已的狀態。

下定決心

辛苦也要忍耐、悲傷也要忍耐、喜歡也要忍耐、生氣也要忍耐……
什麼事都要忍耐、忍耐再忍耐，本以為只有這樣才有可能變得成
熟，但忍著忍著，有些事情就像繭一樣，讓整顆心變得又硬又醜陋。

硬邦邦的心比較不會受傷、比較不會生氣，但不知道為什麼，我
總是受傷、總是生氣。

我想，在累的時候依靠別人、悲傷的時候哭泣、生氣的時候爆發，
這樣才是讓我更堅強的方法吧。

不是因為悲傷所以悲傷，
而是因為想要悲傷所以悲傷，
　這種感覺你懂嗎？

想要悲傷所以悲傷的我

因為我所創造的悲傷而感到憂鬱。
偶爾會有這種日子吧⋯⋯？

嗯⋯⋯
我好像懂。

尋人啟事

如果有人能代替我悲傷……
不知道該付多少錢給這個人才好呢？

應該要配合悲傷的程度
分為淺淺的悲傷、中等的悲傷、深度的悲傷嗎？

總之，如果現在出現一個能代替我悲傷的人，
那我會把我口袋裡剩餘的 390 元全部給他。
全部都給他。

看不見盡頭

空虛又茫然
這種無力感……
什麼時候才會結束？
真的有盡頭嗎？

如果踩著時間的稜角
一步一步往上爬……

應該會有個
可以呼吸的氣孔吧

需要瞬間移動的時刻

DARK

BRIGHT

↑

來種點好東西吧

「不要焦急。」
「一定會順利的。」
「現在已經做得很好的。」
「你真的是很棒的人。」

用正面樂觀的話，灌溉這顆樂觀的豆子，
把心裡的不安都吃掉。

田村一座一是心

思考
「哇,究竟將來會發生多好的事,
才會讓我這麼辛苦?」

這疲憊又險峻的時光
總是會一再來臨，
但也就像這些四散的沙粒一樣，
是很快就會過去的「瞬間」。

直到這動盪的心平靜下來之前，
我都會在一步之遙的距離裡靜靜等待。

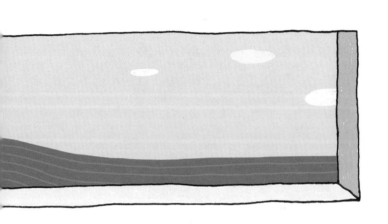

等心變得平靜，
就露出淺淺的微笑。

我心中的
宇宙🪐

致我的宇宙

希望我能擁有一顆
更深沉、更廣闊的心。

希望我能靜靜地踩著
這顆彎彎曲曲的心向上爬，
成為一個耀眼的人。

美麗田 165

稍微暫停一下吧（安慰自己版）

作　者｜金鎮率（Nina Kim）
譯　者｜陳品芳

出 版 者｜大田出版有限公司
台北市一○四四五 中山北路二段二十六巷二號二樓
E - m a i l｜titan@morningstar.com.tw http ://www.titan3.com.tw
編輯部專線｜(02) 2562-1383 傳真：(02) 2581-8761

總　　編　輯｜莊培園
副　總　編　輯｜蔡鳳儀
執　行　編　輯｜葉羿妤
行　政　編　輯｜鄭鈺澐
行　銷　編　輯｜張筠和
校　　　　對｜金文蕙／黃薇霓
內　頁　美　術｜陳柔含
手　寫　字｜陳欣慧

初　　　刷｜二○一九年四月十二日
安慰自己版｜一刷 二○二三年六月一日 定價：三八○元
安慰自己版二刷｜二○二三年十一月二日

網路書店｜http://www.morningstar.com.tw（晨星網路書店）
TEL：04-23595819 FAX：04-23595493
購書 Email｜service@morningstar.com.tw
郵政劃撥｜15060393（知己圖書股份有限公司）
印刷｜上好印刷股份有限公司
國際書碼｜978-986-179-812-7 CIP：862.6/112006817

① 填回函雙重禮
立即送購書優惠券
② 抽獎小禮物

國家圖書館出版品預行編目資料

稍微暫停一下吧（安慰自己版）／金鎮率文
・圖；陳品芳譯. ──安慰自己版──臺北
市：大田，2023.06
面；公分 . ──（美麗田；165）

ISBN 978-986-179-812-7（平裝）

862.6　　　　　　　　　　112006817